日月の譜

岩田記未子歌集

短歌研究社

目次

日月の譜

日月の譜

一灯

暁《あけ》の水まつすぐ吸ひてひそやかに立つ水仙の馥《かをり》するどし

雪かづく枝をゆすぶりひと呼吸　朝のしろたへ蹴散らして翔《た》つ

鶲らをまれびとと招《よ》びし師のことば光のやうにふとよみがへる

雪闇に点す一灯わびすけの花びら淡きピンクをひらく

水底にまどろみてゐる鯉たちの息をはかるや降る雪やはし

花芽いまだ固き桜の大幹に打ちつける名残の雪のたかぶり

雪やみてかたとき日射しうつろへば紅《あか》ほどきつつ山茶花笑ふ

ほの白き繭に隠《こも》れるやうにして雪に囲はれ一日が過ぐ

ふるふると散りぼふ雪は花と化《な》る熱すこしありてたゆきゆふぐれ

心とはうらはらの言葉いでたれどよんどころなし寒月あふぐ

眠れざりしけさの禊は繊切りの甘藍《きやべつ》にたつぷり柚子どれつしんぐ

雪《ゆき》消《げ》

工事現場の荒れたる地表おほひつつ銀を展《の》べゆくさらの春雪

紅梅は少しおくれて咲くならむ濃きくれなゐを固くつぐむも

わびすけの反れる花びら凍えつつ時止るなりふいの訃報に

逢魔刻《あふまがとき》の魔に攫はれし友なりき臘梅の雪しづれやまぬも

不意うちに彼岸へ去つてしまはれてただにうろたふ残されし者は

冬天の青ひびかする硝子ばりの茶房に独りカフェオレをのむ

安逸の老いと映らむ亡きひとを胸によびゐる茶房のすみに

雲の峯をひたすらのぼる鳥の影けしつぶほどに小《ち》さくなりつつ

残り生《よ》と断ずるなかれ熱おぶるこゑあげて奔る雪消《ゆきげ》の川は

青絹の天に花火となりぬべし千つぶの蕾はじく紅梅

ばうばうの枝を伐られてしやんとせり松は弥生の爽天をぬく

ビルのあはひ

いつつむつ野莢の紅《こう》かぞへゐて信号青となれば踏み出す

満天星《どうだん》のちさき白花いつせいに揺れゐる蔭にそと翅たたむ

モスグリーンの羽毛ゆたかな番《つがひ》きて満開の椿ひたに啄む

音にならぬ春のどよめき動きゐる丘の桜の霞めるあたり

ビルとビルのあはひの空に羊二頭つれだちてゆく春ひるさがり

ビルとビルのあはひ耕す翁あり戦後の長き歳月を負ふ

むらさきの藤の百条ゆるるとき天の和みのこゑ降《お》りるやう

花終へし躑躅のみどり貫《ぬ》きて立つ笹のいくすぢさやさやと鳴る

長生きをしてねと励まされ気づくなりおのが重ねし歳月の嵩

二十本残すべしとぞ自前の歯おぼつかなくて少し溜息

脳の指令おそくなれるをなげくより鳥のこゑ降る空あふぐべし

降圧剤に親しみて四年　生きのぶる手段《てだて》をつくし何成すならむ

木木の緑盛んとなれり老いわれも炬燵をしまひ風鈴を吊る

日本海

塩を噴き貝殻を着る大錨　北前船の語部《かたりべ》ならむ

闘争の叫びはるかなり内灘に浜ひるがほは薄紅ひらく

半世紀逝きて内灘闘争を知るやアカシア花おもく垂る

抗争のむかしを知らぬ若きらが鉄板道路を海へかけゆく

筵旗かかげし浜に時は流れ小判草鳴るゆふはまかぜに

日本海の初夏を突つ切るサーフィンの少年ひとりの意志の明快

さめざめと梅雨が視界を閉ざしゐる海にとびこみくるやミサイル

くらき天を弧に截りながらわたりゆく夜間飛行の赤く小《ち》さき灯

夜の空を点となり滑りゆく灯《あかり》たしかに目指すものあるからに

凌霄花

百合樹《ゆりのき》の花ほの明しいつせいに初なつの空へ 盃《グラス》をかかぐ

異常気象のゆゑか花毬つけざりしあぢさゐの葉むら湿りをいだく

人住まずなりたる軒にこの夏も朱《あけ》のはな咲くのうぜんかづら

昼といへど闇の世なればあかき火を点しつつのぼる凌霄花

五葉松の究竟《くつきやう》の幹に絡みつくのうぜんかづらの点す火のいろ

木に添ひて怨ずるやうによぢりゆき凌霄花は虚空をつかむ

西空の積乱雲は太りつつ巨獣となりて腹を光らす

いまを競ふ薔薇園の香に咽びゐつ何処かに裏切りのあるやうな昼

かなかなの沁みわたるなり人とひと相容れぬ淵の在るをうべなふ

西空を沸騰させて果つる日は悲傷をなべて焼きつくすべく

あを蛙

殻を脱ぎ蠟細工なる蟬のいのち脈うちながら朝日を待つも

父の愛でし雪見灯籠の下草に棲みゐたる蟇《ひき》いつしかをらず

これの世のひかりに満つる完熟のトマトの皮膚にすぱり刃をたつ

炎天を微笑むやうに透し百合うすくれなゐの花ひらきをり

扇風機あふむけて強《きやう》の風を受く暑くしんどい一日の果て

露のせる八手の葉つぱに旨寝《うまい》して蛙の背なか緑《あを》に溶けゆく

露したたる八手の葉の上《へ》やすらぎのうてなと決めて蛙の午睡

八手の葉を平和のうてなと安堵して蛙はやをら排出をする

風の来て総身《そうみ》かがやく大けやき百枝《ももえ》のみどり涼《りやう》したたらす

金木犀

藍青《らんじやう》は空の涯まで続きゐてわれもかう円き頭《つむり》をゆらす

あかあかとアメリカ楓《ふう》の彩たぎつ西日の照りをざんぶとかぶり

嘘ひとつ言ひし負ひ目をひきずりてアメリカ楓の炎《ほ》をくぐりゆく

たをやかな忍者なるべし木犀のかをりは隙間をするり入り来る

刃を磨ぎて日にかざしゐる老研師きんもくせいの香の降る下に

孤独には慣れてをります秋霖に砦もろとも濡れてゆく蜘蛛

おとろへし紅葉の葉つぱに喰らひつく太き青虫三《み》つ四《よ》つ五つ

抜け殻が洗濯機の中でからみ合ひ未練のさまに泡を噴きつぐ

眠れざるわが身の 痼《しこり》 ひき千切るやうに深夜をバイクの轟音

すりへれる鉛筆数本ペン皿にわが歌くづを蔑《なみ》してをらむ

佳きことは星がわたしに近づく夜きりりと寒いが孤独であるが

黄落

黄土色の葉をかぎりなく撒く欅ぼんなうをふるひ落さむとして

ふんはりとつみ重なりて枯れ落葉ないしよ話の声さやがせる

身めぐりに燃えつくしたる葉をおとし欅の大樹冬眠に入る

曇天の風さむき昼かがやきて黄金に勢《きほ》ふつはぶきの花

石蕗に羽をやすめる蝶ひとひら夢追ふことに疲れたるらし

ふはりふはり光ともなひ雪降れば尖れる枯葉も眠りにつきぬ

ああでもないかうでもないと剪つて切つてさむざむとなる床の生花

にびいろの空ばかりなる窓の辺にポインセチアの真つ赤を据ゑむ

諍ひののちの沈黙へ唐突にラジオが流すトルコ行進曲

虎のやうに咆哮したきときありて寒の清水に顔を浸すも

雪にうもれ街のいとなみ隠れたり高層よりの視界しろがね

陶・彩

美術館の夜のしじまに国宝の香盒の雉くぐまりをらむ

深深《しんしん》と雪ふる夜ふけ思惟を研ぐ仁清の雉の陶《たう》やみを緊む

緑青《ろくしやう》の色をうつせる古九谷の大皿　匠の強き意志みゆ

粗肌《あらはだ》の備前の小壺「うづくまる」ずんぐり黒し忍《にん》のかたまり

ねつとりと乳色ながす萩茶碗　抹茶たつればあをの冴ゆらむ

甕と壺どう違ふのか信楽のふつくらとした褐色の腹《はら》

濃き艶をのせてしづもる丹波焼の瓶《かめ》ありさはに芒活けたし

色彩が鉢合せして歓べる球子の富士のゆたかなちから

一政《かずまさ》の薔薇は咲《ひら》きて曇り日に色彩《いろ》のマッスがとび出してくる

裸婦の絵

ルーベンス描く女体の豊満に触れゐる毛皮の風合《ふうあひ》そよぐ

やさしげな貌《かほ》もつ裸婦の両足ががつしりと地をふまへてをりぬ

ふちどられ声を発する人間の顔ありルソーの裡なるこゑが

黒曜石のナイフの刃さき遺りをり訥訥と生きてほろびし民の

首かしぐる子供のミイラ思ひがけず黒目をひらく未来視るらむ

コンドルは天のちからとふ遠き世の民のあくがれナスカ地上絵

古き世の宗教画くらぐらと並び目を逸らせたきに足はとどまる

断末魔のさまあらはなる絵に重ぬ戦争といふおぞましき時を

銀箔の凪の水面をかすめつつ紙片のごとく鳥わたりゆく

地《な》震《ゐ》

フリージアの細き花茎がしなふまで反りつつ余震に耐ふるしばらく

能登のなゐ地続きなれば共に揺る木も電線も猫も私も

震源には遠きとはいへ響きくる余震いくたび身に届くなり

人の運たれが決むるか能登のなゐに一人の命亡くなるときく

地震のあと歌の投稿とだえたる能登の独居の媼はいかに

このたびは動かざりしがわが住むは活断層の真上なりとぞ

こほろぎがやたらふとりて増えてゐる今年の庭はどこかが違ふ

サツキ

目薬の滴まなじりへ零しゐて心洗ふまで泣きし日を恋ふ

丹の頬の少女のやうにサツキ咲くわたしにもこんな季節があつた

緋の花片唇にふふめばほの甘しあの日のきみの言葉のやうに

宵やみに手をつなぎつつ見詰めゐし線香花火のひらめき散るを

山かげの切株に坐しじふぐわつの風聴きてゐしふたりきりの時間《とき》

雪にもやる昭和のころの街灯に赤いマントの少女よぎりける

月をあふぐおとがひに光すべらせる少女のねがひ犯すべからず

十五歳で逝きたる友が晩年のわが夢に来てすがやかに笑む

幼らの縄跳びの輪に紛れ入り蜆蝶《しじみ》ひかりの破片となりぬ

ひこばえの緑《あを》なびかせる樹の根株かのすぎゆきを握り離さぬ

奔り去りし航跡のすぢ残しゐるこの空の青いづべに続く

古代

さやさやと新樹の風になだめられ背骨まつすぐ正さむとする

たたなはる時間くぐりて玉虫《たまむしの》　厨子《づし》あをき光のかけら離さず

あまたびとの仰ぐ視線に黔《くろ》ずみし青年聖徳太子立像

いにしへの気息つたふる太子二歳の合掌の像ふつくら明《あか》し

すぎゆきの永きを語る推古朝の幡《はた》ほつるるも朱《あけ》あざらけし

窓ごしの常緑樹《ときはぎ》に秋の光あふれ古代に触れし目をば射し来る

高層の屋上に緑の園ありてしろがね色の椅子が対き合ふ

涼しげに身を装ふとて胸に飾る水晶の連《れん》　鎖骨に重し

ふつくらとむすびし莟ほぐれゆき桔梗は呟く思ひのたけを

西へ西へ妖しの象《かたち》ひろげゆく雲に圧さるる夕日の円は

残照を雲に映して日は落ちぬビル黒黒と峙つ背後

蜻蛉

深紅《しんく》とふ色のきはみを沈ませてバラは晩秋の地にほどけたり

球根を植ゑつつ切なし遠く病む弟が吐血せしとふたより

ほこらかに生き来しはらから病篤し花ほととぎす零るる夕

胸張りて七十余年生き来しに病篤しとふうべなひがたし

きのふけふ訃報を待つにあらねども電話鳴るたび心さわだつ

蜻蛉《あきつ》のせそよぐ草の穂すぎゆきの時間がふつとたちあがり来る

蒸しパンを芋を分け合ひし幼少の姉弟は老いておとうとの逝く

さやうなら胸のあたりに大いなる蘭のくれなゐ載せて棺閉づ

人間は未練の生きもの桜もみぢの惜しげなく散るをただに羨しむ

残り萩の紅が融けこむ夕やみに誰の魂《たま》なる蜻蛉《せいれい》のゆく

銹いろの葉をさはさはと鳴らしつつ冬将軍を呼びゐる欅

捨つべくは残らず捨てぬしんかんと雪を待つなる落葉樹林

六人のはらから一人欠けたれば歳旦に汲む水の冷え鋭《と》し

年明けて研ぎしばかりの包丁に七草きざむ無心なれとぞ

曇天に左義長の炎さかんなり幼の書きし文字高く飛ぶ

鸚哥

ひしめける地上の灯《あかり》みおろして繊月しろし劫初の貌に

けふの日がたちあがる瞬　稜線を細くふちどる暁の紅《こう》

朝の陽の方位すこしづつずれておそき夜あけに鳥も来たらず

雪まみれなる落椿いくにちを生き生きとしてくれなゐ匂ふ

とまり木より降《お》りて寂かなる姿あをき鸚哥は一期を畢《を》へぬ

彩ゆれて鯉おもむろに動き出づ池の水すこしゆるびたるらし

かすみ草アイリス水仙スイートピー春の彩かかへ病室を訪ふ

小鼓のさやかなる音ひもすがら軒を伝ひて雪しづくする

女《め》男《を》の蝶はね交はしつつ駆くる飛ぶ時空を超ゆるスケートの舞

花見踊りの舞台満開　ダウンコート脱ぎてうしろの客席につく

青ふかき空に吸はるる鳥影と春一番を待つ裸木と

桜

雪の笞《しもと》に耐へつつ花芽はぐくみし老桜ことしのくれなゐ咲《ひら》く

齢《よはひ》重し桜大樹の下に来てことし一会《いちゑ》の花に染まりぬ

花ふぶき浴びつつゆかむこの春も桜に逢ひてこころの足らふ

花を雪ゆきを花にし喩へたき北ぐにのおうな花ふぶき浴ぶ

細雨に花たもちゐる染井吉野はなやかなりし人の訃をきく

絢爛の季《とき》をはりけり花いかだ芥ともなひ杳杳《えうえう》とゆく

葉桜の木洩れ日うけて少女ひとりケイタイメールに余念なかりき

背のなかに嘴《はし》をさし入れ丸うなり一羽は無垢のかたまりとなる

さみどりの柔葉《やはは》のうへに真つ白な四瓣をひらく山法師のはな

月下美人

坂の上に満月ぽつかり浮かび出づ無碍《むげ》なるちから授くるやうに

草むらに虫の音いよよ冴ゆるとき十六夜《いざよひ》月は光増しつつのぼる

月下美人なに思ひけん秋の一夜をくわつと咲《ひら》きて火花あたらし

月のしづく享けて花びら解《ほど》きゆく月下美人は禱りのかたち

すぎゆきを濯ぐやうなる月光に界をへだつる人の衣擦れ

月に濡るる螺旋階段の根のあたり毛ものの影のつとよぎりたり

異次元のごとくしづまる街屋根を睥睨するは天心の月

全円の月皓皓と窓に来る逃げずに本音言うてごらんと

月の雫したたり網膜に沁むるときいかなることも赦さむとおもふ

いざよひの月の光芒いやまして長き歳月の渇《かつ》みたしゆく

をりふしの荷を少しづつおろし来て残生となる身のかろきかな

茜 雲

しののめを染むる朝焼け年古りしこの身おもむろに火照りゆくはや

茜さす雲にむかひて翔びたてる一羽にも一羽の一生がある

細かきこと得意となしし指先がこのごろ意のままに動かずなりぬ

やまとぶろに色とりどりのかき餅を焼き呉れし祖母　雪のひと日を

祖母の背に負はれて見たる大き月あのころ兎ゐたかもしれぬ

小切子の調べについつい浮かれゐし祖母のふるさと五箇山の郷《さと》

二十代より寡婦つらぬきしおほははの御守りは祖父の金鵄勲章

戦死者の功を称ふとぞ光沈む勲章に一世紀のとき流れたり

アクセサリーにならぬかと言へる若きあり百年前の勲《いさを》の証を

年齢を忘れてこころ軽うして幼馴染と駄洒落を交はす

鉢底のゴミムシ払へばほろほろと散りぼふ生きゐる一つ一つが

お多福飴

居眠れる男《を》の鞄よりかほを出すマジックの鳩　夜の電車に

総身が硝子のビルディングかたときも翳もつことを許されぬとぞ

軒もなく雨樋もなきのつぺらの硝子のビルに滝となる雨

口なかにお多福飴を転ばして残暑の坂をゆるゆる上る

慰めを書きなづみゐてたぢろぎぬふとも萌せる優位の念に

夕明りに草抜きをれば袖かげにふいなる細きこほろぎのこゑ

一寸の虫にも五分のたましひとふ塩あびながら蛞蝓ひかる

伸び放題あばれる枝を剪りさばく庭師は秋天に鋏ひびかす

神鳴りが威しつづくる真夜に覚め悔いのひとつをころばしてをり

言ひ違へしことをくよくよ悔いたとてはじまらぬとぞ天の声する

嵐去りて狼藉のあと掃きをれば頭上にのどかなる郭公のこゑ

水無月

天人の素描か青のカンバスに雲はつぎつぎ姿態を変へる

白蠟のやうな洋蘭の花びらを透す日ざしが机上にとどく

親しき友また一人逝く乳白のシンビジウムの花けぶるなり

青鷺の佇む池を眺めつつ充ち足りし時間ともに過ごしき

水無月の光さし入る縁側に亡き友の歌集よみかへすなり

貴公子の木目込み人形われにのこし作り手のきみは黄泉《くわうせん》のひと

梅雨空を映す水面に漣をおこして颪の裳裾すぎゆく

歓声も拍手も過去のまぼろしか火照《ほて》り残れるスタンドの椅子

次の世につなげる夢か球を追ふ若きらのこゑ空にはじける

藍の宙《そら》かけめぐり創負《きず》ひながら無人探査機「はやぶさ」還る

あら草の斜面をこぼるるやうに来て軽鴨の八つ子おやの後追ふ

ねむさうにピンクの房を垂れてゐる夏の終りのさるすべりのはな

楊貴妃の好みし果実皮むけば碧《みどり》のひかりしたたるばかり

うすあをき甘露の珠実ゆるやかに喉すべりゆく茘枝《れいし》といへる

如雨露の水うけて瞬く霞草なにか佳きことおとづれさうな

東京泊

梅雨明けの空にぱつちりひらきたる一日花のむくげ底紅

真夏日をぱらぱら弾き霞草のピンクの小花あふれゐる窓

鷗外荘に泊まりたる夜のゆめに来る書生すがたの見知らぬ男

鷗外をなぐさめし鯉の裔ならむ池波くぐり緋を閃かす

朝あけのホテルの窓ゆ杜のみどり貫《ぬ》きて五重の塔の秀《ほ》がみゆ

儚きは一番星の吐く息とビル風にもまれ消えゆく蜆蝶《しじみ》

なかぞらに青き火花をはなちつつ夜なか鳴神の怒りしづまらぬ

凡百の迷ひひきずり生きをれば無頼派と名のれる歌人なつかし

違和感もなくアンテナをつかむ鳶するどき嘴《はし》を夕日に向けて

克巳、広、隆一、徹、裕子逝きぬ今夏の蟬の音《ね》いたくしふねし

夜天くわつと彩る花火いく千のこころかきたて一瞬に果つ

百の文字書きつらぬるや白花の雨にけぶれる大文字草

幽界のかなたへそつと消えゆくか秋明菊の花びらの散る

じろあめ

――金沢・俵屋の飴――

浮遊する水母のごとくリンゲルの袋ひかりをり仰臥の視野に

点滴のしたたるリズムたうたらり生きものめきてわが体《たい》に入る

老いの元気ほめられ間《ま》なくたふれたり窓より覗く半欠けの月

のどかなる性《さが》を取柄とするわれと血圧の起伏はげしきわれと

夏負けにじろあめがよし鼈甲色の光《つや》をくるくる箸に巻きあぐ

暁闇をわたる寺鐘にゆすぶられ夢の逢ふ瀬が途切れてしまふ

千切れ千切れの夢を潜りて鐘の音《ね》は心の傷に触れなむとする

月の円そがれけづられ傾ぎをり残りの時間いかにかせよと

音信の絶えたるひとり憶ふときしまひわすれし風鈴が鳴る

水引の紅穂はなべて天を向く汚点《しみ》ひとつなきそらの真つ青

幾人かこの世を去りて青空のからんと洞《ほら》のごとき秋なり

歯の欠くるごとくに友のゐなくなり生きて残れば沁むる秋風

一日のをはりにひそと紫蘇は散りむらさきの雲そよぎやまぬも

実の褪せし紫式部の蔭を這ふ生き残りたるこほろぎひとつ

深植ゑに百合の球根うづめをり呪力とぢこむる魔女の如くに

能登羽咋

鈍行の車窓に旧き駅名を反芻しをり単線電車

椨《たぶ》の杜の奥なる常世へいざなふや高き梢がさやさやと鳴る

注連縄の紙片の白がひらめいて入らずの杜の闇を深くす

苦しかりし戦に果てし若者とその父の墓に吹く風白し

―沼空と春洋の墓碑―

墓碑銘に晩秋の日ざしうつろひて父子の万感濡らすがごとし

青天にかろやかにとぶ雲ひとつ離《さか》りゆく秋の余韻のやうな

あこがるる能登の冬潮と刻まれし歌碑になだれて霜月の萩

哲久とあきのいしぶみ並びをり初冬のひかり淡く降るなか

小春日のおだやかな海のコバルトに浜ゆく馬の並足かろし

四肢緊まる馬がかけゆく千里浜のなぎさ初冬の波が泡だつ

蒼穹に漕ぎ出づるかな千里浜に楫のかたちの歌碑たかく立つ

—志乎路から直越え来れば羽咋の海朝なぎしたり船梶もがも　家持—

大雪

霙ふる師走をゆけば裸木のくわりん黄金の実をひとつ下ぐ

順調に老化してると言はれけり八手の花は白くけぶれる

歳晩のこよひじつくり煮込みたる黒豆の艶なかなかよろし

青白くはしる稲妻やみを裂きわが来し方を質《ただ》すがごとし

烏《う》兎《と》匆匆《そうそう》さはれ戦後を生きのびてまたあらたなる年を迎へぬ

零下なるけふの朝日に唄ふごと光をきそふ軒のつららは

二十年 齢《よはひ》 へだつる妹がときには年嵩の顔して説くも

もうわれに手出しをさせぬ妹が阿修羅となりて雪掻きをする

ためらはず吹雪にむかひ踏み出だす北陸に生をうけたる媼

雪道へわけ入らむとしもんぺとふ戦時の遺物を穿きて出でける

何もかも攪乱するか地吹雪のまなかに立てばむしろすがすがし

道路の雪がばと起され壁となるまたその上をひとしきり降る

雪の道を速度落してゆく車　老いの歩みに似てたどたどし

雷《いかづち》の吼えやまぬ天　目に見えねど大いなる力信じたくをり

わが街を抱く山並雪のせて百年のちも動かぬだらう

きさらぎ

鳴神の鎮まりたればやはやはと雪が降《お》りくる金沢の空

雪の日を近江町市場はなやげりずわい蟹の紅《あか》やまと積まれて

規矩《きく》大乗《だいじやう》と謂はるる寺の僧たちの寒行の鈴《れい》雪にひびかふ

年若き托鉢僧のうしろ影ふぶきのなかへ紛れゆくなり

こころ充つといふにあらねど静もれる老いとはかくや雪光り降る

水鳥の楽園なりし鴨池が渡り減少のなげき伝へ来《く》

昔日の片野鴨池　羽をもつ万のいのちの溢れさざめく

哲久と文夫に従きて訪れし鴨池に冬のひかりおだしも

白髯《はくぜん》に赤のジャンパー似合ひたる哲久きさらぎの池の辺に立つ

梅林の白加賀、麻耶紅《まやこう》ふふみをり雪に濡れつつ春焦がれつつ

春告ぐる雪割草の花に会ひし能登の岬の裟婆捨峠

災　禍

たな雲のうらに西日の炎《も》えゐたりまがまがしきことの予兆のやうな

非常時とふ戦時の言葉よみがへる地震に津波、原発の事故

映さるる瓦礫のなかに倒れ伏すそめゐよしのが花芽つけをり

シーベルトなんどと言へる単語おぼえ媼かなしむ原発事故を

人力も科学も非力《ひりき》　祈るよりすべのなければ蒼穹あふぐ

大津波の映像もしやゆめならむ老いのうたた寝に家鳩が啼く

瞑想に入らむとする沖のいろ茜ひたひた暗《くら》みてゆくも

昼も夜も地が揺るるとふみちのくの人ら安眠の時をもたざる

災うけて壊れし地《つち》を嘆くらむ雪とめどなしなみだのごとし

円空仏

荒彫りの木肌のぬくみ円空の十二万体のうち一体

土に生きる民のこころをわしづかみ円空仏の荒けづりなり

み仏の怒りの相も和の相も人の心を照らせる鏡

木の塊《ころ》が生みしほとけとぞ円空の粗《あら》けづりなる鑿あと親し

ほほゑみの裏のかなしみにじみをり円空仏の素朴なる表情《かほ》

追ひやられし土着の神が山奥に妖鬼となるを彫りしとも謂ふ

山峡のまぼろしに聞く円空の鑿たたく槌の高くひびける

切支丹幽閉の地におり立てば緑重なる谷はやも暮る

切支丹流刑の跡に緑厚し幽閉五百死者百余とふ

緑の季

青天に噴きこぼれゐる雲の泡なにごともなき五月の午後に

疲れ目に射しきて緑つんつんと薔薇の莟は陽のなかに起つ

濃紅のキリシマツツジの蜜に酔ふ翅もつきみらの耀く時間

六月の葉つぱ喰らひて青虫は翡翠いろなる体《たい》をくねらす

柘榴の朱《あけ》がゆるり咲き出づ鬼子母神の人形供養のをはるころほひ

兼六園の八千の木木　老いもあり若きもありて夏緑濃し

緑しるく勢ふ草木にならふべし酷暑にひるむわれらにんげん

もえたぎる日盛りを咲く白桔梗たをやかにして強き息もつ

夜に入りて地熱こもれば暑《しょ》に酔へる月もあからがほにて出でぬ

大椎

戦前の味噌蔵町の古家に生をいただくかりそめならず

幼な日にかけめぐりたる産土の宮の境内蟬しぐれなり

人参木《にんじんぼく》はうす紫の花穂ゆらす四高校舎の蔭に老いつつ

赤煉瓦の四高校舎を巣立ちゆき戦争末期征きて還らず

おうならの昔語りが展《ひら》けゆくにんじんぼくの花ゆるる下

終戦の玉音ききし大椎はいま平成の緑をたたふ

——旧県庁の大椎——

かの日より六十六の年輪を重ねし椎に翳ふかき夏

戦ひに死なせし身内なけれども暗黒時代くぐりし一軀《いっく》

樹には蟬くさむらに虫鳴き出でて常のごと秋の気配近づく

開けしまま眠りたる窓に深夜鋭《と》きこゑはなつなり南部風鈴

ガラス戸に光と音をひびかせて遠花火散りあとは漆黒

茶色なる

御神籤の多《さは》なる願ひに枝しなふ宮の蚊母樹《ひよんのき》みどりを翳《かざ》す

神明宮《おしんめさん》の森さざめきて幼子の中原中也の鼓動つたふる

森深く中也のつぶやき「ゆやゆよん」黄昏がきて昔が韻く

戦のとき日章旗とふをかざしたりめくるめく日の落ちゆく真つ赤

昔日の軍艦のごとき高層ビル影くらぐらと夕日を背負ふ

戦ひの日を知る人の数減りてまためぐり来る終戦記念日

極寒の地はた灼熱の島に果てしいのち英霊とよぶこともなげに

茶色なる戦争とほくなりぬれど原発といふ魔物あらはる

遠き記憶包めるやうに苔のせて動かぬ石をめぐる水音

初霰

とことはにかなざは見守《まも》る臥龍山はなにもみぢに風雪の四季

—卯辰山・金沢の東に位置する—

霜月の冷えゆるびたる日溜りに宝石箱のやうな夢二館

—湯涌・竹久夢二館—

江戸村の古屋の庭に紅葉していのち継ぎゐる色あざらけし

—湯涌・江戸村—

江戸村の石畳のうへ亀虫らちひさな意志もてこつこつと這ふ

湯の町のしだれ桜の残り葉にひんやり風の領巾《ひれ》ふれてゆく

地にかへるものおびただし黄に赤に橙色に重なる落葉

過去も未来もどうでもよいか雀子が二羽塀に来てひよいひよいと跳ぶ

報恩講近づき仏具磨きをりけふのひと日は善女《ぜんにょ》なる婆《ばば》

祖《おや》の世より真宗王国とてうけ継ぎし報恩講なり初霰ふる

かがやける仏具の中に黒黒と立ちます本尊の思惟は計れぬ

僧侶らの大合唱にとけいりて風邪《ふうじや》の頭痛やや和みゆく

瓔珞の金の光に赤蠟燭映えて華やぐしばしの浄土

枯生よりふいに飛び発つ一羽あり偽りごとのなき世へゆくや

花びら餅

仏壇を清め松花かがみもち飾りてことなく大歳終へぬ

元日も父の好みし茶を供ふ萩焼の肌理に玉露の 碧《みどり》

父の 齢《よはひ》五つも越えて迎へたる新年つつしみて屠蘇をいただく

はつはるの池に映りてさかしまの扇形まぶし松の雪吊り

銀の器に花びら餅のいろやはし紅潮してゐる女童《めわらべ》の頬

みやびなる花びらもちの薄紅を懐紙にうけて老いもはなやぐ

初市に水あげされしずわい蟹あしの鋏を高高と上ぐ

老いゆく日日その一日がまた暮れて食器洗ひあげエプロン外す

起伏なきわが生《ひとよ》かなつねに少し何か足らねどよしとして経つ

靄にかすむ視野なげけども汚きもの見えぬはよろし月しづくする

薄雪を享けつつ松の針葉はするどくさぐるあしたの空を

山猫

オパール色の百合根こぶしを握りつつおがくづにしづむ北ぐにの冬

おがくづの中にみじろぐ百合根らは花咲《ひら》くなし食用なれば

西表島《いりおもて》を駆くる山猫ゑはがきの版画《すりゑ》となりて雪の朝来ぬ

零下三度の寒気おろおろしのぎゐる老いを版画の山猫が睨《ね》む

雪しまく昼かうかうと灯しゐる地下街の店は春の彩り

待ち伏せてゐたるか地上に出でたれば行く手をはばむ吹雪のつぶて

とろとろと淡き夢路にまよひ入る昨夜活けたる水仙の香が

ひと夜さを吹雪かけぬけてしろがねによろふ武者《もののふ》けやき並木は

ひび割れし日本の土を覆はむとしづごころなく雪の降るらむ

白玉椿

冬の林檎かじれば不意に前歯落つものに終りのあるてふことか

さきぶれもなくてこの身をはなれたり歯の一まいが花瓣のやうに

前歯欠け体ぢゆうむなしき雪の午後　表紙あかるき歌集が届く

つかひ古りしパソコンゆるゆるたち上がる窓に風花とび交ひてをり

雪消《ゆきげ》はしる川のほとりにひとむらの菫じんわり胸にしむあを

加賀膳の治部煮の鴨にほのじろき琴爪のやうな百合根添へらる

遠き世のこゑがきこゆる冬の夜は治部煮のわさび舌にひびくも

これでもう終りますとぞいさぎよく地にころがれる白玉椿

地に落ちし白玉椿ふくよかなしろたへしばし艶うしなはず

いのち

遅春《おそはる》の北陸の空へこゑあげて梅と桜が一挙に咲《ひら》く

ひめ、やまと、るり蜆蝶　春くれば愛《いと》しきいのちさはに溢るる

苔の上に山茶花の紅《こう》あふれ落つ満ちて終れるものの謐《しづ》けさ

現世を去りゆく人の衣ずれか新樹のさやぎ目を閉ぢてきく

今年また欅にきたり蟬の鳴く一期のこゑをふりしぼりつつ

木槿の葉にすがりて光る空蟬に夕風がきてしきりゆさぶる

聞き流すことの出来ないおろかさに湯呑みの茶渋きしきし洗ふ

茶渋とれば明るむ九谷の古湯呑み独り身われの伴侶でもある

静心《しづごころ》ありと詠まれし師を憶ふしづごころなき今世のわれは

西行ほどの深きこころに至らねど鳥も草木もわれの道づれ

好日なり葉蔭にいこふ蛙子の小さき息も聞こえるやうな

あとがき

本書『日月の譜』は平成十九年に出版しました『冬の鳥』以降の作品から三百八十首を収めました。私にとりまして第七歌集でございます。

僅かここ数年の間に、弟の一人が亡くなり、多くの友人知人が世を去りました。さらには、かつて十代で体験した戦争にも匹敵する大事、東日本大震災が起ったことでした。

何事も無い平穏な日々がどんなにありがたいものか、つくづく思い知りました。また、このような類のない災害を見たことで衰えかけた乏しい詩嚢が鞭打たれたことも事実です。今を生かされている現実の日々を、せめて生きの証として詠んでいこうと心に決めました。それゆえ歌集名を『日月の譜』といたしました。

闘病に二十代を費やした私は、自活の手段として洋裁を学ぶべく上京したのが三十歳半ば。文化服装学院で教職を得ましたが、体調のすぐれぬ母のため金沢に戻りました。自宅で洋裁教室をしながら、やがて老いた両親を次々に見送りました。そのとき援けてくれたのが、今も一緒に暮らしている末の妹でした。あまり丈夫でない私が、こんなに長生きできたのも彼女の叱咤激励のお蔭のようです。

お蔭といえば、沢山の人々の恩恵を頂いて生きてきたことを、この頃としみに思うのでございます。まずは安田章生先生にお会いできたことで私の短歌人生の方向が決まり、遠い道程を持続して歩くことができました。さらに、こんな北陸の野育ちを、先師よりも長い年月見守ってくださった「白珠」の安田純生代表ならびに社中の皆様に感謝いたします。地元「新雪」の津川洋三主幸はじめ歌友、そして「ゆきごろも」の仲間にも常に支えていただき、ありがとうございました。

また、このたびの上梓につきましては、押田晶子様のお口添えをいただき、短歌研究社にお任せいたしました。お世話になりました堀山和子様はじめ、編集部の方々にあつくお礼申し上げます。

平成二十四年十二月

岩田記未子

岩田記未子（いわたきみこ）

一九二八年十二月三日金沢生まれ
「白珠」社・「新雪」詩社所属
「ゆきごろも」短歌会責任者
現代歌人協会会員・日本歌人クラブ会員
北陸中日新聞選者・読売新聞石川版選者
歌集『雪の炎』『冬の梢』『白の宴』
『さくらばな』『冬茜』『冬の鳥』
第一回新雪賞・第十二回白珠新人賞
第六回泉鏡花記念金沢市民文学賞受賞

検印
省略

白珠叢書第二三二篇

平成二十五年四月八日　印刷発行

歌集　日月《じつげつ》の譜《ふ》

定価　本体二七〇〇円
（税別）

著　者　岩田記未子《いわたきみこ》
郵便番号九二一－八一六一
石川県金沢市有松三－七－一一

発行者　堀山和子

発行所　短歌研究社
郵便番号一一二-〇〇一三
東京都文京区音羽一－一七－一四　音羽YKビル
電話〇三（三九四四）四八二二
振替〇〇一九〇－九－二四三七五番

印刷者　豊国印刷
製本者　牧製本

ISBN 978-4-86272-338-3　C0092　¥2700E